虫珀

张 尺/著

北方文艺出版社

图书在版编目（CIP）数据

虫珀 / 张尺著 . — 哈尔滨：北方文艺出版社，2023.5
ISBN 978-7-5317-5889-1

Ⅰ.①虫… Ⅱ.①张… Ⅲ.①诗集－中国－当代 Ⅳ.① I227

中国国家版本馆 CIP 数据核字 (2023) 第 063110 号

虫珀
CHONGPO

作　者 / 张　尺			
责任编辑 / 王　爽		封面设计 / 明朔书业	
出版发行 / 北方文艺出版社		邮　编 / 150008	
发行电话 / （0451）86825533		经　销 / 新华书店	
地　址 / 哈尔滨市南岗区宣庆小区 1 号楼		网　址 / www.bfwy.com	
印　刷 / 三河市国新印装有限公司		开　本 / 880×1230　1/32	
字　数 / 150 千字		印　张 / 7.75	
版　次 / 2023 年 5 月第 1 版		印　次 / 2023 年 5 月第 1 次印刷	
书　号 / ISBN 978-7-5317-5889-1		定　价 / 68.00 元	

序

    张尺吾儿，幼年习诗，写到了中年，体现出了一些天分和对汉语言文学的理解，也得到了我的同事、他的伯伯大爷们的夸奖。有些是碍于面子，言之过誉。

    谈谈我对诗歌的认识。这个时代，诗歌迎面而来，无可回避。外部世界的繁华和内心世界的感动，需要意会表现，要求语言世界和现实世界平行进入，有风起云涌就有江河滔滔。

    作为一个诗人，当然，张尺努力的空间还很大，要站好自己的位置，明确好社会角色和担当，要永不满足，有自我意识的觉醒、灵魂的审美、对真理的认知和对丑恶的批判，要勇于提升开辟思想道路的能力。当然，还有一个天才与接受的关系。

    诗人都很敏感，有灵性，还要放下身段，要接地气儿。像我们作为民间文化和文艺的研究者，奋斗了一生，必须身在民间创作文学艺术，民俗市井千姿百态，世事纷纭，要学的东西很多，点燃心灵和智慧的火花，终其一生也未能穷尽。山花烂漫，勤于栽培。

诗人要有开放性的胸襟，要具备古典文学功底，更要扎根于现实。有天然的笔锋，有磨难的砥砺，有厚积薄发的过程，才有诗歌的冲击力。这也是我一直不希望张尺过早涉及著作诗集的缘故。一则年少得志，容易张狂；二则根底还浅，尚需磨砺。

寥寥数言，纸短情深，作为一种嘱托吧。今后的路还很长，走得还会很艰辛，就把结集作为一个新的起点和总结。要把学习作为一种修养，要立定精神，要勇猛精进。总之，不要露怯。

张仲

戊子年仲春

目录

虫珀　　　　　　　　　　001

爱一物，请爱全部　　　　002

法门寺指骨舍利　　　　　004

不是那种鸟　　　　　　　006

青海湖　　　　　　　　　009

宿州观油菜花落　　　　　011

曾经一个人行走　　　　　013

第一场雪　　　　　　　　016

一米阳光　　　　　　　　018

对峙　　　　　　　　　　019

温州海岸　　　　　　　　021

过海边　　　　　　　　　022

大理春天　　　　　　　　023

元阳梯田　　　　　　　　025

古村素描　　　　　　　　027

生活（一）　　　　　　　029

生活（二）　　　　　　　031

读《诗抄》　　　　　　　033

童年	035
火花	037
在山西大同	039
一半	040
隐秘的翠鸟	043
平原	045
冬日的田野	046
祭祖	048
南京，南京	049
黄鹤楼	051
难解难分	053
我的哥哥	055
相遇	058
源头控制回声	060
中年漫步	062
本命年	063
洛阳	067
观洛阳双色牡丹	069
白马寺	070
西湖岳庙	072
灵隐寺	074
静物	076

每一天都是不平凡的日子	078
风暴即将来临	080
绣花	082
过秦岭	084
短歌	086
三星堆纵目者	087
清明	089
曾经	091
贺董达峰先生《摩睺罗》出版	092
公主坟	093
黄金菊	094
角	096
那个女孩儿在哭	097
追光（外一首）	098
黑森林	099
玻璃背后	100
平衡	102
有多少爱可以重来	103
傩戏	105
因何而名	106
十三楼的蜗牛	107
行走	109

理想	111
送行	113
蜻蜓	115
才子佳人	117
给女儿的话	119
罗彻斯特大学的松鼠	123
布法罗的事故	125
阿赫玛托娃	127
俄罗斯白桦林	129
宋徽宗花鸟画有感	130
题小乔墓	132
致海子	134
过山海关	136
心中的城	138
巴松措	141
归途	142
开盲盒	144
历史	146
水仙	148
奇葩	149
读《夜雨寄北》	151
光	152

野地	153
村口的树	154
平凡人间	157
不甘	159
看见的和看不见的	160
自我	164
回首	167
夹带	169
杂音	170
占卜	171
学画画	173
方位	175
无题	177
虚设的年华	178
深藏不露	180
联系	183
月色枝头	184
苍耳	185
养殖场	187
那些诗意	188
飞行	190
感受	192

通话	194
原来如此	196
路遇死亡	198
农家后园	199
问你	200
窑变	202
真花和假花	203
猛兽	205
在盘山	207
小朝觐者	209
桂林漓江	210
沧州铁狮子	212
元谋人陈列馆	215
草原遇雨	218
闲言杂咏	219
随见录	224
夜宿苗寨	228
我在听	230
药引	231
有了	233
新年的话	235

虫珀

春有信拈花
潮有信月明
时间的舍利结晶

那只蛰伏的小虫
像一滴水中的杂质

它丢掉了大队人马
存身无天无地
孤独的模式开启
最理解盘古打开世界
活出自己的意义

作为一枚首饰
兼容自然和社会的价值
在美女的脖颈摇晃
炫耀着耐力持久的死亡

爱一物,请爱全部

竹子长斑

变身文人喜欢的折扇

树根长瘤

盘削皮壳奇绝的珠串

玫瑰长刺

表达立场分明的爱恋

真理苦涩

呈现公正无私的客观

枝头是硬的

花朵是软的

随时凋残

站立蝴蝶的发髻

一朵花是它的整个世界

有杂质的月亮

倾倒澄澈的光芒

溢满人间的金樽

让精神别开生面

爱一物

请爱全部

梦想表白生活

必经的挫折却备受指责

法门寺指骨舍利

这就是那段
默默的佛祖
寂寂的手语
莲花宝座伸出的兰花指

释者已逝
流放自己于宇宙,化为空茫
慑服心性,跳出自我意识的牢笼

曾经,捻指间
悲悯的开示和救治的手段
曾经,弹指间
取之不尽的肉身和永不落地的命运往返

人生变化,人世增减
站在世俗尘埃,眺望星辰大海
多少追求和磨难成为一种浪漫

这一个指头

立在面前,自认彼岸

比画着完整的信仰

与我咫尺而遥远,真实而玄幻

玉白通透的根茎

命由心生,空即是色

心想事成,如同无花果心中的花朵

不是那种鸟

不是那种鸟
你就别进那个笼

叫得不好听
长得不好看
还不听话
不安分的基因

你可以在天
在林
可以不在群
看天色不看脸色
吃枯枝上的嫩芽
在草间扑棱羽翼
眼缝中流露春天
晕月的眼大如车轮

来之不易

棒打不回

你忘乎所以

像废墟上的国王

像蒲公英散落天涯

像桌上的静物云游四方

进入地狱也不知是什么变相

不是那种鸟

你就不被祝福

等待生存的残酷

等待野外的陷阱

等待被那些人入食入药

不是那种鸟

攀登不了温暖的阶梯

那些愿望由来已久
灵与肉不肯背叛
飞翔和独立不想分开
时间和空间不再分离
人为的设计推出很远
像宽阔的海不愿在桥的下面

覆盖雪的丛林
覆盖丛林的山川
覆盖山川的大地
目力所及
就是到天堂的距离

青海湖

敞开的旷野
远古的吹拂
风归于风幡
悲欢归于无言

蓝在空中
抬升菩萨的光芒
水的流云是鸟的臆想

湖边的转经路
牛羊咀嚼草和冰雪
白塔心无旁骛
月满空门般的圣洁

相信蝴蝶的美丽
就是相信它的翅翼

白牦牛披红挂彩

眼眶湿润

透露性情和雪山精神

多少灵魂等待醒来

除了人心

我们还有许多不懂的存在

宿州观油菜花落

花容失色
赏花只是一个形式
而它走完了全部

四面楚歌
霸王美姬出场亮相
历史已改朝换代

人活着为什么
意义总在垂询目的

越过田埂,土地硬
耕牛的蹄子更硬
小溪走水,河流深陷暗渠

蝶恋花分分合合,挥舞自我
蝶恋蝶分分合合,呼应内心

恍惚幼儿跑过父母面前
终究没能跑过你们和时间

愿寻找的寻见
拒绝无法表达的爱
动用一生的情感

开过的和错过的
相视
绿茎秆纵深里浮动摇晃
像前世的模糊，未来的辽阔
等待见证草木横生，夏日凶猛

曾经一个人行走

曾经

一个人行走

像最初的故事

开头的那段经文

复杂的生活重回简单

曾经

一个人行走

绽放自我独立

打破凡世的教条

舍命不舍花的执迷

曾经

一个人行走

想象没有局限

灵性没有边界

半开的花朵渴望初见

曾经

一个人行走

像插上翅膀的鸟

飞越万顷碧涛的明亮

体验人生开阔

曾经

一个人行走

比肩天然的歌手

寂静淹没风声水声

那沉默不语的

是最高亢的歌喉

曾经

一个人行走

和斜阳比孤独

在长江黄河过渡

历尽拼接的灯火

异乡的水域浪遏飞舟

鸟叼着草籽
母亲怀抱婴儿
千年的古道回忆河流
路遇一个人行走

不懂鸟兽的语言
理解它们的悲伤
不知花开的方向
知道落下的方向
不再让命运纠正理想

第一场雪

新年的献词
总是第一场雪
初见不可辜负
一切都在起点上扩展

水利万物而不争
天空也不争
容纳千变万化漂泊的心胸

来自黑暗上方的雪花
从微粒茫茫的晦涩
打开了大白的门庭
准备落定的纷纷往事和滔滔逝水
蒲公英在飞行中扎根,在失散中复原
果实凝结糖分,品质概括成精神

参天的大树不在乎雪藏
麻雀不担心冬季的口粮
那些话本故事里的鬓斑归客
人生正常,不再动荡

烟花陈词绚烂
钟声触碰零点

日子滴水成冰
雪片如花
大寒时节传檄而定

一米阳光

照石生苔
像只湿润的青蛙闭口不言

玻璃上的水滴滚动相连
由点画线

脱蛹的翅膀收放老练
摇晃的神祇驱逐妄念

种子活色生香
颂词在功德碑上闪亮

浮萍大海相逢
爱情执手相认
和繁星共用一个窗口
一米阳光足够

对峙

一只陌生的狗
在门口找食
抛弃的流浪者
对于它,这是陌生的门口

站在对立面
我们的眼神
同时警觉
行为迟疑而踌躇

狗遭遇过什么
也许将最终遇难
被烹饪,被撞飞,被碾压
反正没主人没家
它想
会不会是我
给它命运中注定的一下

我年纪渐老
不可承受沉重和打击
担心它
传染疯狂的疾病
给艰难的生活再添一道伤口
我的亲人已所剩无几
深夜的电话铃声都让我恐惧

最后垂下眼帘
进行距离冒险
我们假装熟视无睹
对错恶置若罔闻
共同选择了一种无视
体现了所有失败者的精神气质

温州海岸

夜的质感是黑暗,星星隐于苍穹
云海的界线遥远,风雨汇入天边

记忆中失散的,总会重新出现
应时的明月,怀想的远方

正如
陆地遗落的山,在海里也能望见
从此岸泅渡彼岸,它们都兀立突然

正如
泥马渡江,故乡难挽故国的宋代南戏
雕梁画栋的舞台,男女主角声情婉转
手执水袖,相看泪眼

过海边

梭子,像一只灵活的鱼
架子上为鱼补织罗网

岛礁,粘满贝壳的靠山
时时往复着海水的漫灌

冷空调开到了最低
热风中颤抖的车流
俨然童年灶台
母亲烧出的扭动空气

暮年,时间又在语出惊人
一边是海天一线要挤上堤坡
一边是荣枯扯动的巨手
把平静的岁月烈焰般地揉搓

大理春天

鸟迹虫鸣

都是隐喻

北风南向

蝴蝶泉边

那片花海中的姑娘

生活的离心力

带走多少理想

生活的向心力

聚集多少委屈

轰响的雷声

始终盖不住低语

黑和白各执一词

僧面佛面崇圣庄严

风和雨一个方向

蜜汁和熊的唾液

都在流淌

苍山洱海
拥抱内心的花朵
天空蓝得只剩自己
清澈的溪水持续光亮
欢喜的种子
熟悉地嵌入大理春天
与众生会意
在美好中辨认瞬间

盼望所有的鸟儿都成为留鸟
盼望花朵与最好的季节重合
那是大地需要的颜色

元阳梯田

阳光让万物生色
光明覆盖光阴

遥望彩霞之南
看天空、水和秧苗联姻
照见人影,照澈人心
山有多高,水有多深

自然生民生物
不得不说的信仰

鸟不管上下还是左右
都叫比翼齐飞

鱼肯定不只七秒记忆
结伴游来游去

水自恃山势布田
高台明镜的梦想
人秉承兴替布局
退步向前的哲理

古村素描

高铁接通村落
风驰撩动静默

根生土长
名不见经传
像全国有无数个
太平县、兴隆镇、石桥村
种植的菜
垛累的草
鸡的散养
牛马坚硬的胃
谷物晒场的风云
除了祠堂
老宅子一间间地结实
演化成新房
像不同年代变换的衣裳

绣花的妇女
挑着扁担的小贩
沉沉的老人坐在陌生人中间

石桥攥紧圆圆的硬币
买单乡愁最后的回忆

生活（一）

生活不造就天才
却使天才臣服
内心世界再大
也走不出生活

生活喜欢简单
盐解淡，理服人
守着锅台看锅沿
簸箩里拿出剪刀布头绒线

生活消遣时间
酒香中迷失粮食
秋天的斑驳写在橘皮上
经年的盘摩在核桃皮上

生活敲打灵魂
零和一之间
是非正反
每一步不但表决，都要审判

生活有得意
在现实和虚无中撒欢
像摇头晃脑奔跑的蜥蜴

生活有辜负和出卖
它不承认错误
必须让你俯首习惯
未来没有悬念
青黄不接的一生
也许得不到安慰

生活教会了生活
所有人目光一致
生活挽手强权
让善恶同室操戈
是猫是狗还是做人
江湖和庙堂之间
让你左顾右盼

生活（二）

生活中有生命的意义

没有绝对纯净的东西

生活

通天彻地

仿佛又背信弃义

生活的反复

像挣扎的倒春寒

被抹杀的

总想一跃而起

理想之船

往往不扬起道德之帆

生活的不经意

像古宅的穿堂风

趴地上的狗

动动耳朵摇摇尾巴

金鱼向上游

摊开手的姿态

我们在生活

拿着菜谱宣誓

拿着家谱溯源

像鸟在它的叫声中蹲着

充满觉悟和惭愧

经世的尘埃

不肯沉默的精神

像云在天

是上善之水最后的停留

独立的人格

不愿搁浅的思想

像水在瓶

是花生命稀缺的甘露

读《诗抄》

这些文字

触摸到特殊年代

那段光阴

曾经是我生命的一部分

这些文字

痛苦碾压成细沙

装进容器倒置

流逝转型为时间

这些文字

天边排列的鸟

倏然飞过

那箭打般出窍的灵魂

这些文字

提供思想武器

在天堂与神同行

在地狱与狼共舞

这些文字

永远镌刻铭记

错误和悲剧

不能有颠覆的注解

这些文字

尽快蒸发忘记

未来的历史上

不再呈现新的诗意

童年

那时我还是个孩子
会背唐诗勇敢无畏
一点儿快乐
都轻易满足情绪
夏天根深蒂固
蟋蟀够大,声音更大
冬天没有彩妆
风景苍茫
塑料底的棉鞋也不抗裂
不知轻重地疯跑在河堤
铁轨中数枕木有多少节

似乎忘记了父母
在农场改造,工厂下放
像只麻雀不懂意义
只捡芝麻,不捡西瓜
不认识生活
不认识立场

一个人洗澡睡觉

也不觉得有啥悲凉

现在想想真没良心

还好真正提起

那个年代的

已经所剩无几

连父母也已撒手远去

时间挂釉

生根见地的包浆

我已老气横秋

说不出悲喜

瞬间走过的

生活和童年

像只滚落的铁环

像草虫一哄而散

像那个时代

呼啸列车满载的冬云

突突地退出了时刻表

火花

门口小花园儿

一个小孩儿在玩火柴盒

现在很少能见到这个东西

亮亮的大眼摇晃

一个封闭的火柴盒

对哗哗的声音得意

也许装着他的零钱

也许是小伙伴传递情报的秘密

也许就是一盒半空的火柴

准备打破玩火尿炕的谶语

往事回到几十年前

我在他这个年纪

那个年代特别贫困

诱惑孩子吃药都没有一颗糖果

爸爸捉了一只蚂蚱

也是放进洋火盒里

我每摇一下使快乐真实
好像它正走在沙沙的野草地
在一穷二白的日子里
对岁月深处的火花着迷

在山西大同

空有的冥想
深浅的思索
此时仰望暗黑的银河

月亮独自跃升
比花朵鲜艳
比蜂拥显赫

发光的人类留下足迹
他们面对过地球的夜晚
有人曾与我们天悬地隔

恰如此刻
有人在地心深处
顶着一米所见的矿灯
采光掘热

一半

美玉
一半是材料
一半是手艺

历史
一半是神话
一半是传记

石兽
一半是坚硬
一半是残疾

孤独
一半是训练
一半是经历

天才
一半是苦难
一半是差异

死亡
一半是黑暗
一半是恐惧

哲学
一半是虚无
一半是真理

修行

一半是朴素的生存

一半是参悟的深意

时间

一半是此刻的爱恨

一半是空间的距离

隐秘的翠鸟

手可盈握的小东西

也在飞行序列

鸟在水面经过自己

有些回忆一触即溃

飞得那么快

新鲜事物的亮度

带来光线的荣耀

青蓝色渐变惊艳

小小鸟

换肉率不高

做不了美餐贡献

要翠鸟为珠宝插上羽毛

流水不歇,山溪的纵深

流年不语,盛夏的空明

虚境中的花朵,隐世的果实

自我忽略，无人知晓
让孤独成为一种保护
像想起了什么过往
热爱漂泊的垂暮者评估

平原

夏季不让下雨

冬季不让下雪

万物之上

老天爷随时任性

但他不能阻止枝头鸟鸣

每个季节翻不过的风景

辽阔稀释声音

自然均称田垄

非亲非故的种子

途经此地的收留

田鼠沟埂打洞

四下张望

警惕每一个方向

开败的野花

开不败的果

腐烂的果放跑果核

神社空空的平原

昏昏欲睡的敬畏

高铁刷卡一划而过……

冬日的田野

冬天呈现原色
无花可看
田野一眼望穿

颗粒俱已归仓
麻雀无法囤粮
饥饿的小嘴把阡陌吻遍

大雁透露了季节的风声
在世界冰镇前远走高飞
草窝空空
泥土的坚硬被河流认定

积雪覆盖苏醒
等待命定的萌发
建立春天的信仰
一串孩子的脚印
又一串大人的脚印

像种子迈步直达果实
有深有浅的涉世经验
有长有短的留痕尺寸

老井旁的槐树
年代在皮纹分散
是村口裸露的根
是华北平原远眺的灵魂

祭祖

雨纷纷
清明未明

雪飞飞
冬至已至

旧坟新土
新坟旧土
谁经过谁的反复

南京，南京

南京，南京
我的祖籍
春天有那么多
迷惑的关系：
风和风信子
雨和雨花石
明皇陵的风水
和百姓的眼泪

燕子矶的鸟鸣
天地共有
秦淮河的繁华
桨声灯影共有
被屠杀的冤魂
历史未来共有

我们收获粮食
也看得见稗草
我们织出云锦
也看得见针脚
我们经过屈辱
也看得见荣耀

黄鹤楼

芳草晴川树木
落花时节过客

风吹草动
临江楼阁
极目楚天
透澈万里襟怀

锦绣滔滔
颠倒众生
孤帆远影
流向高处
黄鹤飞遁
那朵仙人座下的白云

远方的地平线
缝合还是割舍
水天一色

玉笛传音
唤醒还是追赶
古今唱和

绝顶登临
江山还是风雨
总在心头眼底

难解难分

  一杯残酒想到的孤独

  夜来风雨想到的花朵

  盛大欢呼想到的呻吟

  无端沉默想到的绝望

  痴人说梦想到的专注

  灵魂负重想到的执念

  海水闪亮想到的宝藏

  江湖尽头想到的灯盏

  潭影的天光想到的临摹

  易散的彩云想到的琉璃

  不相交的铁轨想到的陌生

  不一样的风景想到的背影

  一只老虎身带花纹

  对,是花纹

那些唐卡上的佛
底稿就是某位端庄的世人
对,是世人

万物往来映像
难解难分

我的哥哥

我的哥哥
脑子有毛病
就是你们经常调侃的
有些神经

他从小"磨人"
把好东西扔进下水道
说看电影多累也得去
打完人,爹妈赔礼道歉
最后磨掉了父母的青春
在父母面前整天哼哼
智力也就两三岁小孩儿水平

现在
他已经年过半百
孤身生活在养老院
根本不知道父母双亡
是怎么回事

在那儿依旧淘气

只有我和老婆孩子看他
婴儿般天真的眼神闪现
紧抓我手喊我"胖胖"
好像告诉我怎么突然
和爹妈失联
没有下落的表情

他少不更事
不懂社会
不会生存
你的亲人
早已经凋零疏远
生活中最易碎的部分
是生命和情感

他含混不清的表达
再次让我无可奈何
看着他,我的哥哥
像寿山石上荔枝的甜冻

我们之间
像那些年代的冬天
白菜挨着白菜

相遇

熙攘的站台
一列拉箱子的漂亮乘姐
和一队拉包裹的打工妹相遇
她们谁奔波得更远

黢黑的大山
大开夜灯的大货司机
和赶路上学的孩子们相遇
他们谁先挑起晓天的幕帘

匆忙的医院
我带着哥哥化验
和扎着镣铐透析的嫌疑人相遇
他们谁的人生凄惨

苍天风雨下济
地表润泽奉迎
漏过树影的光阴清寒
反射日影的河面疾缓
人间不同的悲欢相遇

源头控制回声

当地人告诉我
你刚看的庙是假的
啊,假的太多了:
新古刹的假和尚
新故居的假故事
新古迹的假村落
新古镇的假街景
文化拿来消费
没有受到尊重

这年头
伸手就要供奉
香火都随俗了
不再随缘
神灵和万物点头
在人间相互取悦

多少深刻的假象

多少表面的意义

共蒂莲代表爱情

也代表前世今生

我们拥有自身的一部分

也想拥有精神和蕴藉

最少顾及底线的忏悔

真相呼之欲出

可总没有出现

初衷昭然若揭

却总没有揭开

假的源头控制着回声

现象一次次战胜本质

中年漫步

走在林子里

时间为之触动

童年摇落过雨

少年摇落过花

现在只摇落记忆

多少芬芳荡然无存

故人已经无法相信

亲人已经无法归来

恋情已经无法直视

往事已经无法诉说

喜鹊从头上飞过

黑白羽毛面积相等

是我的中年

昼夜交替

岁月均分

本命年

（一）

感慨知天命

像夜不能寐的草虫

遥远的星光

像鸣声的微茫

花解语

有容颜

有香气

弄花一年

观花几日

人生多少精彩的瞬间

拿出慈悲的镜子

眼神开始对准自己

承诺得太多

对结局产生怀疑

风深入季节

打动心事

吹开了种子

吹熟了果实

远去的风景和留住的余生

在共同的世界里感动

（二）

拿着自己的寻人启事

等待拥抱和扶持

注定是情感的奴隶

做不了理性的统治

怕河水走着走着

丢失了自己

折叠了河道

车流汹涌而至

怕经过南腔北调

却早已无呐喊

日子或明或暗

阅历和摆脱进退两难

麦子转黄

还是泛青

从此岸到彼岸

为各种理想还愿

（三）

孤独的花

开出沉默的容量

故事再曲折

转瞬就是一生

输赢都很努力

可为什么来到这张牌桌

种子落满天涯
扎根的起点就是终点
向鸟学习婉转
哪种祈祷产生的灵验

石不能言
寂寞持重的内涵
钟摆挂靠时间
才华和意志最终归于平凡

看一看从容的尺度
在流年中体验速度
肯定人天消长的伦理
接受岁月有序的变异

洛阳

燕子剪柳

满城牡丹

千年古都花样一新

热闹处依然锦绣铺就

花色隐没容颜

树色隐遁飞鸟

内涵重于表达

龙门新雨

白马钟声

黄河晚渡

低敛的蛾眉心事

石菩萨已无花可持

说不完的故事

笑不完的人生

一个人的孤独

融不进一群人的孤独

落入黄河中的黄土
落入黄土中的黄河
等待澄清

检点生前，思量身后
一片冰心退回玉壶
等待澄明

观洛阳双色牡丹

花开两朵
各表一枝
像两种判断在一个枝头凝视

宛如在
一条苍茫的湘江
左岸烟火，右岸灯光
源流沸腾，船默默地航行

白马寺

白马非马
是祖师西来之意
衣钵丛林
两千年胜迹犹存

白马是灰马
黑和白都在失色
陌上花新
分来佛国一枝春

白马变石马
背驮的经卷苔斑
比草更挤的人世
寻声救苦的偏执

邙山在北少闲土
无数荒冢
洛水在南多倾城

出没凡情
白马寺浮海问津

世路车尘
望风而逃
宿慧延绵
不疾不缓

"如是我闻"
失传也不要失真

西湖岳庙

看不够的凭栏山色
听不尽的望眼风波

大丈夫
小朝廷
冠冕的忠骨
跪阶的白铁

生和死很古老
却随时发生
血性
像草木溶解成殷红

君王对证词反感
就是"莫须有"
管你有没有反骨逆鳞
杀个臣子不需要理由

孤忠旧恨

怕你们受过伤敏感

纠缠结果的正义

可以死后封神

正邪在轮回中清算

皇威浩荡

把持住程序的正义

让你分不清

什么是恩宠

什么是薄幸

没有长好伤口

就自揭疼痛

无须安抚

蒙蔽找到了悲鸣

灵隐寺

无雨山润
月满西湖
潮涌钱塘
水起不离云

听腻了陈述
咧嘴就笑的佛陀
现实的门
幻想的窗
横山竖水
南宋衣冠
新主加冕
书假戏真
无限接近

你的我的
都不是你的我的
无尽的江山

有情的香火

时间没有屏障

你们是自己的阻隔

素心慧果

追问去处

化身觉路

失手的魔术

揭穿万物的庸常

草木人生

到底要和自然色彩合拢

等待牛马的践踏

它们不计梗嫩

嚼碎荣枯

静物

天一会儿蓝一会儿白
地一会儿红一会儿绿
像那只丑陋的蜥蜴
一动不动却
变来变去随心所欲
可以是任何东西
小虫年轻活泼不谙世事
自以为与静物保持距离
石火电光
倒在舌头的中伤下

林子大了
什么都有
蝉蜕和蛛网
表象空空如也
蝉蜕
灵魂出壳的家伙
转为中药,清音明目

蛛网

等待的武器

蓄势待发的套路

一爪入网，全身受缚

一条咸鱼

早已脱水

剪掉了水的翅膀

不指望翻身

放生也成不了游鱼

像盐水泡发的豆子

像时间穿过的鞋子

顶开了鲜活的自己

走上餐桌

鱼眼圆睁的宁静

泪也腌渍入味

生无法摆布的东西

每一天都是不平凡的日子

每一天都是不平凡的日子
繁忙中的有益虫也有害虫
一朵野花也让人心动
光初长在雨后的彩虹
也初长在天际线的黎明

每一天都是不平凡的日子
钉子钉马掌也钉耶稣
爱蓄养痛苦也蓄养幸福
水逐步走向结晶的愿念
风干的果子期待来世的饱满

每一天都是不平凡的日子
思想和肉体相互发炎
虚拟的空间王者们荣耀
吹散的蒲公英展望倍增的扩容
生死两栖浑然一体，至今不渝

每一天都是不平凡的日子
虚无之椅上坐着神秘
科学和神学蓄积更多的放飞
万物裹挟神灵
像群蚁举着透明的蚁后前行

风暴即将来临

隐藏的惊心,移远就近
一切紧张而亢奋
大海回到情绪
绳索系牢的归舟渐起颠簸

苍穹不收留翅膀
鸟爪最终松开了天空
蚂蚁搬家有不测风雨
参天大树动摇于裹挟
所有的埋没之根,向暖之心

旅游老街偃旗息鼓
台风降临前的阴云
直逼祖庙的护佑
娘娘的手指回复了花朵
安宁是一种力量,也是愿望

浮生现海市

有限的堤岸，无限的泛滥

我在超市食品店清货

手推最后一车大包小包

浊浪拉黑前平凡快乐

等待一场逆用的宿命

打开世界的逆增上缘

瞬间的一片哗然

绣花

你赏花

心花怒放

知白守黑不是你的抉择

你绣花

换位思考

和身体里的亮光同一视角

指尖上的色彩

心尖上的柔软

针尖上的光阴

丝分缕合

像花朵般爱过的事物

从不同的地方飞到唯一的地方

东南一隅

蛮荒之地举头

苦难压不倒良善

双手之下
绣花翻新自然
绣花功模仿精神
绣娘一针一线不慌不忙
好像来生结果，今世扎根

过秦岭

花朵溢出枝条
草木溢出深山
白昼溢出岩体
火车溢出空旷

云的故乡和故乡的云
变化新生的晴朗

候鸟
翻越无痕的线索
因时而动的路径

绿皮车
婉转无声的岁月
收放自如的水袖

起伏的秦岭

再过倏忽暮年

从窗口望去

诗太薄,远方太厚

蟒川如浪,欲翠已苍

稀释掉虚悬的山房和真人不露相

短歌

秋蝉难饮凉露

迷雾再上层楼

浓荫和日影退行

无花可开的空旷

树木有枝节

故事有情节

雷同不可平息

过于脱水的叶片

深秋和怀想沦陷

秦岭在望，华夏龙脊苍苍

凤鸣岐山，有德乃现呼唤

牛羊按季转场

风雨暗度陈仓

三星堆纵目者

异界爬出的陌生人
眼球凸出于眼眶
要纵目千里远足
用距离理解时间
用所悟表达洞穿
看透一切的意识
触角灵敏于视角

平凡的一天依旧轻浮
思考的过程依旧沉重

那么专注
睹物思人，见景生情
为自己的发现感动
也许眺望到献身未来的可能
又像极了一个自我观察的评判者

稀有而孤立，敏感而危险
让我们错过的东西你一定看得见
局限是视野的局限
模仿是最真诚的恭维
卷起双手放在眼前
像探出了一个抨击的把柄
看看物质生活和非物质的神
什么正在被知情，被掀翻，被置换

宝藏和藏宝都叫我们着迷
博物和物博都叫我们满足

清明

时令就是命定

清明日晒

黄土起尘

像万念俱涌

执行一些生命对

另一些生命的怀念

一部分属于自然

一部分属于社会

就是不属于彼此

不能够团聚

不能读心传意

哪怕想再有艰辛的经历

树在抽枝

鸟花争坠

风捺不住青草

先人墓错落有致

风越刮越大

我们越走越快

最终模糊成尘土

融在一起

曾经

蝴蝶穿过
战地的铁丝网

河流穿过
解放的故乡

鸟儿穿过
农场的枯枝

山花穿过
岁月的浪漫

风雨穿过
墓地打好的背包行李

脚步与信仰同行
青草与大地结盟
安放季节的成长
追思父辈的沧桑

贺董达峰先生《摩睺罗》出版

一块泥

随形抒发

撷取不同的功用

甚至可以成为供奉

可这些泥

不善言辞

添子发孙

像模像样

是古人的幼年

为弱小的孩子提供的天真

女娲造人

一定像女娲

民间艺术出自众人

这些泥巴

聪明伶俐

活泼可爱的灵魂

是古人儿时折的纸船

时光的流水放归到今天……

公主坟

公主的坟茔只剩门殿
流落民间的格格和传说
于城市繁华中透支神秘
大道正途中的一角荒芜

芒刺和狗尾草到处乱跑
得胜的爬藤高过它的支撑
被困的柏树溢于向上的维度

时间不包容陌生
时间不包容永恒
永不瞑目的在风吹草动

飞得高的可以一览无余
飞得低的可以贴近地基
深埋的现代地铁和历史上的星散别离

黄金菊

秋天的旋转之心在片叶停留
阳光的阑珊陷落在黄金闪耀

花的脆弱，花开的磅礴
瓦解和超越持续地起伏

明灭仍然能够递解
残酷而不休的游戏
让籍籍无名者战栗

蹬轮子的松鼠在运送风
眼前的鸟正飞倒飞都越来越远

动刀兵的放不下江山

动心思的放不下心安

梦的呓语,穿越维度的呢喃

与星辰对应的眼睛

与虚空对应的澄明

雁过处悲秋,告别处惜时

得有多少绝句,才能安放千古情绪

角

犀角逃出药典
却逃不过文玩
爱不释手地摸索

侵占的执念
像黏连般地角斗
雄鹿携带着失败者的头颅

如今坚硬也是把柄
羊那抵过狼群的犄角
适宜屠宰户攥着下刀

过节收拾老屋发现
女儿上学时戴的恶魔角
多年隐瞒的红灯突然亮了

我们是尘界的大颗粒
被匆忙的命运蚂蚁侦知
触角辨认,推揉辨识

那个女孩儿在哭

城市街角

那个女孩儿在哭

也许被太多的理想孤立

忽略了雨里模糊的色彩

平复内心

解铃还须系铃人

像必须消失在水中的水纹

现在是雨季

大象应该欢喜地走进雨林

而那个女孩儿

却在避雨的地方泪如雨下

自我表达

追光(外一首)

生存价值
鱼目混珠地活着
对比珠宝的光辉和生命的视力

古今长夜,河水盛传倒影
来者共时,山川异域连枝

未识的空白是浮云
意会的留白是时间
什么都如此简单而不凡

隔绝的仰望和月亮的悬望
目光苍茫
那思念交接的捷径
渺渺幸福无可挽留的惯性

黑森林

黑森林是

女儿递过的一块蛋糕

现在是树林中那片幽暗的墓地

正凭感觉爬上月亮

皎洁里的深灰环形山体

长途跋涉的追思是

团圆节

隐身出席的动力

心灵沉默却发声的原理

玻璃背后

——为杨靖宇生平事迹展进社区而作

玻璃背后
缸里的鱼游

玻璃背后
窗口星星闪烁

玻璃背后
车流飞跑的路

玻璃背后
历史隐忧回眸

怕已知的概念
面目全非
怕时间太长
凝固的伤口
已记不清刀口的形状

所有的白纸黑字

全部的罄竹难书

都深刻不过

玻璃背后的沉痛记忆

平衡

一柄折扇
美观的展开和神秘的收敛

自由和秩序
不偏不倚,过犹不及

重力止于飞鸟
地球是圆的,河水维持平面状
轰鸣让人窒息,寂静也是绝响
成熟的事物既分享又独立

山岳固本,水无常形
破坏与重建,天道自衡

追求和谐社会,世界自然
塑造心灵高地又能化育万物
虚实相生
儒家管这种平衡叫中庸

有多少爱可以重来

相遇于茫茫人海
有多少爱
徘徊在心门之外

命运给你毒药也给你解药
咽下了什么只有自己知道

旧画布
反复涂抹的寓意
曾经生动的玫瑰隐没在哪里

人间幕布
风雨覆盖过的细节
青春再也无法经历

珍惜和关怀静置无奈
路是树与树之间的距离
路遇成全时间往返的距离

不是一生太短

是我们反应太慢

后知后觉的勇气

递出了一张退场的门票

像鱼准备清空存在

最后的干涸中撒娇蹦跳

问有多少爱可以重来

傩戏

旅行杯的白开水放凉
远方的冰川在悄悄消融

举起的叶子深浅不一的色系
耸峙的雪山也从白到黄到绿,立体地沿袭

心头寡淡少欲
并拢的树梢,跻身于许多接近的鸟

小朋友掀动变脸的玩具
空地张牙舞爪表演狰狞的傩戏

小时候怕有鬼,对死亡侵害焦虑
老了却怕没鬼,让灵魂无处可归

因何而名

大马戏团有野马
单腿下跪操练优雅
清江鱼店有招牌鱼
鲜亮的食材从水族箱捞起

鹦鹉舌甜得发苦
鸢尾花蓝得发紫
焦桐被赋予精神和自然抗争

形同虚设的总是皇帝的新衣
菩萨心肠外有庄严有手段

寒食节萧索,途经忠臣死节的介休
接着匆忙路过与外敌抗战的左权县

十三楼的蜗牛

这只蜗牛

和同类没有什么不同

但它偏偏出现在十三楼

隔着玻璃为它的落单不安

生活所迫,还是有登高的意愿

它不应该在草地和墙根

在遗忘和埋没的中心

缩手缩脚地重复前进

或用空虚的壳,习惯悬壁停顿

此刻的高度

是它的理想,也是它的困境

清澈的限制,旗帜招展的晾晒

等待感性在理性的窗上干瘪

歪歪扭扭奔波的一个小渣渣

果然随后一夜大风中

带着失温的巢穴不知所踪

退休以后我实现了愿望

从年轻开始累积三十年

终得走遍了三山五岳

最后一站是离家最远的雁荡山

当看着龙湫绝壁喷吐涌泉

手软脚软不听使唤地挨过

高危透明的玻璃栈道

我突然记起了那只逆旅中的蜗牛过客

行走

水平如镜
世界徐徐前行

故宅中的亲人行走
团圆在叙述中行走

圣湖风生水起行走
心性在意念中行走

栅栏后的猛兽行走
划分在进化中行走

神祇在供奉中行走
花朵在歌颂中行走

直率在唐突中行走
勇气在过失中行走

生殖在虐杀中行走
满足在跌落中行走

退场在悼念中行走
往事在维护中行走

尊严在道义中行走
诗人在文字中行走

影子在寻找替身中行走
成败在对比善恶中行走

滑雪者纵身一跃地行走
殉道者万劫不复地行走

理想

一粒雪
落在睫毛上会动

一滴雨
融进小草的身体

一粒种子
就想满堂生花

一片灯火
关心城市万家

一只鸟
不计重量
以自己的逻辑飞

风过花香

水过石凉

藕丝牵出大象

微尘毫端

有因果

问题就有答案

有理想

翅膀就有抵达

送行

夏日的蛤蟆吵坑

变成嗡嗡的空调声

人生不缺起点,更不缺送别

中间是更丰富的剧情

像马路牙子年年修葺

行道植物年年栽培,年年死去

这边是散放的手推车

低矮的建筑工棚和高高的脚架

一块拖泥带水的洼地

那边是翩翩的广场舞步

载满过客的电瓶车

新品上市和清仓处理的热闹围观

大客车飞驰而过

城郊接合的路桥落下提篮

拥有此岸和彼岸

浓密深草中的教堂尖角指向天堂

落脚野鸟的翅膀
围绕话题人物
送行者们谦逊惋惜地交换内心的柔软

告别了那张
积攒了一生笑容的照片
反复斟酌的悼词情真意切
将被火焰迅速捧场或否决
停顿和转身,我们上车
继续下一次挽歌和偷活

蜻蜓

湖水徐徐,云朵缓缓
在罗大佑的歌里
阳光下飞过
一片片绿油油的稻田

一苇渡江,窄处宽行
翻越纯真的茂盛
和空中更高的树丛
是我们想要的
鲜活跳动的力量
与阴郁世道人心的对抗

安顿于闪念,停顿于寂静
在一只钓鱼竿上称重
在后窗隐去透明的翅膀
如一截笔直的线段
像大河隐去支流,火车隐去小站

少年时经过边陲

蜻蜓握住铁丝疲倦

界碑的日影,在整行地移动

它们在止境与越境的点上平衡……

才子佳人

过去的才子
多是读书人
天性善良就有爱情
饱读诗书就有功名

公子落难是小姐搭救
与生俱来的红尘佳偶
一朵花注定属于春天
一片爱必须感动流年

理想和现实各就其位
生命和期待各承其重

一边落花独立红颜薄命
一边抱头痛哭破镜重圆

才子佳人
在书里眉目传情

在年画里俊得鲜活

在戏台上千古绝唱

在爷爷奶奶的精神世界中生动

遥远的出走

多年前泼出的水

终于有了着落

红装彩衣的身段像火焰

举手投足弥漫年轻的脸

青春可寄

前情重现

两只蜻蜓

才子佳人

在依存中飞行

听不完的忠贞不渝

说不够的传奇梦幻

伴随读书人一声长叹

给女儿的话

（一）

深夜一个人

百无聊赖

年近半百

糊涂已经成为常态

电视上突然闪过

纽约的天气

只有风景画面，没有人迹

蓦上心头的女儿在那里

你在地球那面

隔着多少水驿山程

你出国留学

仿佛承担了全家的勇气

流水上的拇指姑娘

还没参悟生活

就被漂泊带走

记得分别时

孩子像个成人在哭
是我心中过不去的坎
我们是孤独的目击者
而你是孤独的执行者

天上那么大的万花筒在转动
抖落多少繁星也要保持完整

暗夜星斗
像睡眼蒙胧的童年
天地共用一种颜色

智慧和仁慈
感知人间冷暖
众生上帝共用一种品德

给花朵春天的密钥
让怀念回到当初的拥抱
让果实充分地呈现
给未来一个翩然的庆典

（二）

女儿的背影

莫名其妙地叫人心动

拎着小书包进幼儿园

开局就显得那么孤独

拎着暖瓶进宿舍

刻苦的大学生活

拎着皮箱过安检

出国深造的勇敢

总是希望

你离幸福近一点

你的梦想远一点

总是希望

你跟上变化

风过处蜂鸟的翅膀

能与树叶同频共颤

不能拒绝的命运

轻易接走了孩子

无可奈何的背影

在时间和空间错步

在每一对父母心上闪现

总像萍水相逢

终有一天我们会

看不见你们的背影

不,那是你们扭回头

再也看不见我们清晰的脸

视线内外

总会远行的亲人

记得你小时候的儿童画

不成比例,过于简单

我们却有鼻子有眼

罗彻斯特大学的松鼠

阔叶树不厌其烦地落叶
倒扣的根系一片干燥

比孤独还偏僻
罗村大学旷野人稀

绿草地上
几只松鼠给我让路
也让我不要挡了它们的路

松鼠众目睽睽
远道探亲的我像一只
国内大学最常巡回的猫
敏感多疑,因智力而苦恼

黑眼圈,鼓面颊
一撮撮丛生的皮草

松鼠伸手可捉的距离
不回避人类的注意力

不疏远不设防地靠近
像少不更事的孩子们
每一次与不合时宜的
单纯和信任对视
看见静物有光的一面
如花木向阳
在哪里存在,就在哪里明亮

布法罗的事故

从罗彻斯特到布法罗

行驶在美国的高速公路

秋天的背景下

旷野是金的集体

两旁植被原始,落叶宽阔

间或有汤姆叔叔的圆木屋

前面的汽车骤停

一只小鹿横穿公路被撞

不顾一切地跨越,倾尽一生

柔弱的生命飞闪而逝,半途而废

与巨阵的林木咫尺之遥

白驹过隙

总喜欢大团圆的结局

至善至美之果被神化

可生和死不间断地交替提问

跳落人间迅速折返

受雇于时代又被时代抛弃

抒情的生命

叙事的苦难

时时咬紧牙关

智慧不是进化的方向,适应才是

鸟从鸟鸣中突围

一滴水准备阔大如云

像参天大树种子的野心

为了吃饭和去哪而牺牲的应答

打开一场前仆后继的悬念

翻越意外和明天

阿赫玛托娃

遥远的时代
你和谁寒冷中双双经过
盖世才华和自由抗争
俄罗斯诗人古典的天性

历经贫困、战乱和监狱
像种子在流水、鸟腹、风中
人非草木
却有草木传达的命运
决断和承受都得扎根
还要恩豢夹缝的宽容

你相信上帝
但上帝不信任你
你的身上往往不显示垂怜
在每一个疑点上大做文章
永恒的苦难和纤弱的情感
等待革命者的肯定或批判

花朵代谢春天

包裹冰雪的玫瑰

坚固而不摇曳

绝世诗歌贴近上帝谈心

仿佛在废墟下讲话

却有辨识度最高的声音

支撑独立的

一定是独立的思想

骄傲无比

不管你举杯还是举枪

伟大的诗歌物我两忘

还原真相

俄罗斯白桦林

白桦林
高大地挺立于
远东的流放地
含辛茹苦地排列
先养活自己再养活人类

那里春天腾空了花朵
风吹过万树涌流
从水下向上望曲解天空
如明净抽象的诗歌

伏尔加河的纤夫无辜
已缚手为捆绑着的囚徒
远离时代的文学沉默
像花岗墙没有相配的头颅

宋徽宗花鸟画有感

有些鸟

飞了下来

是活的

有些鸟

掉了下来

是死的

有些鸟

逮了下来

是命定的

矛戈纵横

何处盛大承欢

半壁江山

技法为亡国之恨镶边

帝王夺造化失担当
南侵的马蹄碾碎留香
色彩思俏,锦绣工笔
金枝玉叶般巧密精细

虚渺世界,苍生误尽
仿若木鸡的俊鸟珍禽

题小乔墓

三分鼎
二乔魂
夫婿豪杰
羽扇纶巾

岳阳楼高
荒冢墓低
大江东去别知音
巴陵夜雨未归人

割据英雄
江山断垒
风云儿女
蔓草无依

时间
以一驭万
万物皆空

台阁落照
流水匆匆

空间
隔空取物
物是人非
东吴抔土
野景清供

致海子

春天不要雪人
孩子的泪水一起融化
短暂生命最后的安排
如释重负履历清白
离开的永远离开了
剩下的注定也要离开
曾以梦为马走遍天涯
前尘顾盼交汇
经纬联合显花

雀屏难收
白鹭留恋自己踩出的涟漪
每一步靠拢
停驻的蝴蝶都有细微的感应
最长情的告白警觉琐碎平庸
真正的牺牲是自我精神的保存
面朝大海春暖花开的意境

深意有口难辩

敏感孤立无援

不脆弱终难倾心

不决绝终难改变

让善良的羽毛挂满温暖

用共同的缺点接近怀念

过山海关

山川和大海
都是落日之所
列车徐徐向前
临近万里长城第一关

斑驳的雄楼
白匾上醒目的黑字
登城的马道
那把躺倒的状元大刀

闯过关是东北的一片天
有别于这边的酒旗招展

黄昏掂量白昼的长短
光影顺从人世的幽暗
悲欢总会注定
理想之树被逐渐蚀空

作为最有经验的生命消费品
我放下了执念也放下了勇敢

注视
一个会写诗的孩子
下落不明的英雄
挣脱生活的绳索
放弃了跃升

列车隆隆跨过
海子殉难的那段铁路
像一粒药直达患处

心中的城

时间跋涉空间

有一座边城荒凉美丽

有一座山城风雨交加

有一座土城坎坷斑驳

有一座江城翻滚飘浮

有一座沙画坛城

还未到达彼岸

就被疾风吹散

人生轮转道路遥远

有一座真理雪城

为了洞悉立场

坚持托举信任

默默忍受融化

有一座心中圣城

仰望神位向上的通道

鸟在明朗的天空得意

像辩经后击掌的胜利

多少热泪盈眶的记忆

多少得而复失的荣耀

多少刻骨铭心的启迪

多少雪山冠冕的供奉

空城陷落的旗帜

不可言说的矗立

花开无所谓对错

太阳生辉无关立场

一棵草再卑微

也想保留生存的主张

梵城异域

陈年市井

时间感化沧桑

等身的像

金妆的脸

隔着几世的空和我

拈花微笑圆因实果

巴松措

山路高寒，水波阻远
酥油做茶，酥油也点灯
火焰夜色温暖，也清凉于神案
飞鸟和飞鸟空中不会相撞
梦里会飞，仿佛和鸟交换了过去

求知也求正义，沉默也和鸣
价值观定义生活，也被生活定义
圆满的信仰也怕部分遗忘
雌雄同体，进化人中龙凤
善恶同体，撕扯人间悲喜

一颗营钉来自一块铁
一条烂命来自一个生灵
天神附体，我们大杀四方
蝴蝶附体，我们情态依依

归途

快刀斩乱麻
才知道刀有多快

回家的必由之路,穿透
潇潇寒意和无边落木

越到终点,火车越空荡
像所有养到最后
闲置的狭长和阔方的鱼缸

准备过冬的松鼠窝
一定藏满了坚果
而羊圈里寥寥
一定群体贴了秋膘

失之激流的闪逝
落日在列车上荒凉
所有

无动于衷的平庸
一事无成的从容

大地安顿亡灵的墓碑
也要奠基向上的楼宇
死者的方向，为了生者的光亮

谎言打造突围的信任
岁月和经验相互宽泛

如果爱他，就给他一个艰辛活下去的理由
如果恨他，同时给他全部需要豢养的借口

开盲盒

开盲盒 乐趣仿如钓鱼
突发额外的神秘和惊喜

植物盲盒,种子摸黑的野性
被果实特洛伊木马般遗落
等待攻陷另一个春天

考古盲盒,你能像盗墓者
挥舞洛阳铲刨出
见光死的阴暗和秘不发丧的君王

宠物盲盒,期待交换慰藉
也许事与愿违是自责和遗憾
以爱之名传递来窒息的亡物

其实，我们兑现因果
像用一生在拆阅盲盒

小时候偷尝妈妈腌制不久的酱菜
老了像打开文具盲盒
经验之书、经历之书只剩塑料封面
像留给退休纪念单薄的光荣证件

历史

杀青的茶

待品

杀青的戏

待续

历史根基深厚

确实有抒情的高度

饮尽时间

具象留痕

空杯的残酒,盛世的拥有

巢中的羽毛,鸟雀的停留

挤压的芦苇和造纸术

牺牲的蚕和丝路锦衣

翻卷的牛舌倒嚼封疆土地

冶炼的盐铁和划时代的意义

历史关注形态也造就主张

信仰和宗教身内之物招摇

英雄们在空中楼阁拥挤

舞动的蝶群谁是牵头的主角
原始察终 历史指认现场
上帝提供的证据也不行
不足为凭

水仙

不知道
风在席卷,还是被裹挟
河流冻结两岸,还是被挤压
冬季越来越深,剥夺草木的敌意
蜗居如猫的心境
害怕远离的驱逐,又恐惧靠近的孤独

孤立而不封闭
花开有时
对世界的感知
意义是意志的来源
自如是自性的显现
几枚碎石,一汪清水
金盏玉盘,走向春天的时段
想象现在的你
亭立劫难中的悲悯,自我辨认的纯真

奇葩

本来是个好词
像空谷幽兰
瑶池草,仙露根
变成异类的代称和嘲讽

你们喜欢
屏间孔雀
华英成秀
红云绿雨
主欢客乐
和世俗相宜

但请不要挖苦
绝世的奇葩
他们雪心山性
凌空生长
他们老于时间
不老于世故

不能落脚的枝
要么细枝末节
要么众目睽睽站满了同类
他们为善良所累
一如既往地沉寂
看天地互为知音
看四季交换冷暖

读《夜雨寄北》

看李商隐名句
想象路途遥远
君已不问归期
夜雨巴山
与诗人共拨黑暗中的灯盏
这时雨
更让北方的城市彻夜难眠

那家高考生的灯光一直在亮
救护车街头急匆匆地闪过
供货商卸下咩咩叫的牛羊
秃尾巴鹡鸰也是奋力远行的候鸟
一览稀疏的树木蝉鸣已迫近干枯
辗转颠沛的命运
黑夜的积墨沉淀更深
一切都在接受真实的雨水
等候天明的秋池和尘世的清晰

光

遇见目光
飞鸟仓促转向

遇见月光
昙花倏然解放

遇见流光
源头放大河床

遇见秋光
银杏变成金黄

遇见佛光
苍天有眼影像

遇见时光
旷域的不速之客
新生和诀别
你们哪一边安放

野地

白发在芦苇上蔓延

这块野地

长满月亮的影子

落雪后闪耀的寒光

春天节外生枝

吸收贫瘠成熟的劣根

不是最高处的生活

却要随时经历风雨

是童年的高地

荒芜之外静默

有儿时的孤独

终年的归宿

我们是歉收的庄稼

充满歉意等待它收割

村口的树

这些最普通的树
是没有果实的白杨
笔直地站在村口

它看见镰刀刮过田野
孩子们在稻田里捉鱼
一下雨村头的矮房前
道路就泥泞不已

它看见进城的马路
早已不许马走
羊肠小道上
也很少群羊的踪迹

笼子里的蝈蝈
幸福地待在故园
女儿为母亲
穿针引线

乡村爱情不再是
织女爱上苦耕人
明月穿云赶少年

它看见拖拉机赶集
麻雀在雪地上签名
腊月感受好年盛景
没见过的远亲前来相认

它看见道路转弯
许多河流跟着转弯
许多命运跟着转弯
年轻的短笛悠扬
唢呐声声凄厉
那了却生死的工具

最普通的树
在村口分野

见证断雪的清明

收水的白露

没有昼夜就没有五谷

见证谎言瞒不住乡里

见证乡土最平凡路过

它连接

天空和泥土的敬意

从树根上达

从枝叶上呈

平凡人间

孤高的标记

鸟从天空飞离

突出的浮雕到隐秘的墙绘

无名草比有名草多

微尘蝼蚁从不缺搬运的力气

死的命运钻出活的机会

松鼠跳跃枝头

像树木返青的蓬松

作茧自缚的菜青虫

等着翻越阶层

人间

俗不可耐也雅到极致

神灵也物质般凝眸

用天命锻造因果的禁忌

婚丧嫁娶皆座无虚席
一片光明中鲜艳的黑暗
人间有生而平凡的仪式感

不甘

大树之下并无大树

庇护之下草木服从摆布

窗外的巢,鸟像租客更像过客

时时停驻在警醒和飞行的远离

充饥的章鱼,能如外星生物千般炫技

蚂蚁舌尖上的甜,就是沾满泥土的饭

做不成猫的,落败时没有九条命

当不成狗的,结不成纵恶的联盟

矜持的美人儿等着迟暮

成熟的螃蟹不再冲顶锅盖

嫦娥在生命的顶端,可上界寂寞广寒

发明久远的纸,也没留下多少自由的史实

爱得更多的人终究受制于人

石头雕成佛像,放在最安详最安静的地方

倾听人世苦难中的软弱、失语,抵抗最后的崩溃

万物都有自己的不甘,可表现得那么释然

看见的和看不见的

（一）

一只鸟衔着枝条飞

雏鸟在羽毛的拥护下

正沉沉睡去

（二）

床底的猫打着呵欠

搔首卖乖

只有它看透夜的风景

血液里敏捷的毒素

威风凛凛地巡弋伏击

像一道闪光翻越高墙

猛兽逗留过的气味

和那锐不可当的斑斓

（三）

没有围墙教堂

是天堂的窗口

穿礼服的父亲

穿白纱的女儿

并排而坐

上帝等待观看婚礼

（四）

一座古堡植物纠缠

蝴蝶暗示秘密之门

树影进入深宅

睡美人在爱与不爱之间

停留千年

（五）

我能教鸟儿叫

却教不了狗叫

狗嘴那么凉

怎么还在咬人

（六）

乱春风

发草芽

花的初心是绽放

没想到结果

花瓣越收越紧

妈妈的毛衣抽回到毛线

（七）
在所有的现象中
我是你
而你不是我
深情不如长情
所有的辜负和被辜负
都有意义
指认咫尺芳华

（八）
鸟在起落
鱼在沉浮
人世往来
一片冰心重归冰河
浑圆的苹果修满红色

自我

这些年或许
你们告诉得太多
让我搞不清什么是自我
好像放弃自我
才能接近自我

就有了爬在高处的花
和低矮的灌木谈视野
幸福者和落魄者谈格局
饥肠辘辘听讲吃素的优越
面对火焰要贴近不要猜疑

放下野生的囚衣
开始迁就风的方向
波澜隐于止水
流浪隐于收容
没有了是非取舍
没有了服刑的恐惧

学会了

不是秋天噤若寒蝉

不懂绣工锦上添花

生来悲伤欢喜控制

心底蔓延集体无意识

你们所说的自我

真让我不知所措

像那只一条腿站立的鸟

躲避尘世

又不得不

用另一只腿埋足现实

其实自我

就是良心与常情

没有捆绑何来解脱

生命中隐形的枷锁

一个偶像和一千个偶像
没有什么不同
都迷恋高不可攀的神性

宠物外面自死获得遗忘
火车经过大桥挤出沙砾
那一颗柔软之心
像熟透掉出果核

回首

回首季节
在结冰之前
在落雪之夜
在最后时刻生命的仰望
就是给你应得的
也没有索取的力量
像石头扔进水中
吐出花纹的理想

回首希望
杯酒还原成清泉
季节还原成色彩
蝴蝶还原成花瓣
照片还原成人生
腾空而起的还原成凡尘

回首星空

多少遥远的目光

像散落的香火

涵盖存在

祈祷众生

夹带

穷了茹素
老了翻经

贝叶本无字
夹带经文
为解脱论证

像连环画中
夹带的糖纸和鸟羽
立刻把童年鼓了出来

时间翻页
在爱和忘记中夹带自己

杂音

小伙伴用铝勺刮瓷碗
老师的粉笔黑板意外地划动
妈妈挪开沉重的柜子来清扫

熟悉的事熟悉的人已经遥远
像鸟一生只从头上飞过一遍
杂音现在想起来还这么敏感

占卜

天要立命

人要立身

对运势产生怀疑

总想要道破天机

起卦容易

断卦难

人生总有迷津

一拨三转

久测神仙输

为了未知

预谋先知

断个青红皂白

可人算不如天算

天一算漫过人千算

蝉蜕壳

鸟换季

雪膨化中融化

自然的来去身

扶不起的意志

才轻易算命

才向瞎子打听捷径

才寄托硬币的回响

竹签的主张

别人对自己的揣测

顺着羽毛看风向

顺着漂泊看水流

内心释怀不惊过往

吉人自有天相

学画画

画得出眼泪
画不出哭声

画得出金身
画不出慧心

画得出高山流水
画不出弦外之音

画得出荒凉
画不出遗忘

画得出树的距离
画不出根的排斥

画得出眼前的平静
画不出沉默的年华

画得出花海的春深
画不出香气的空旷

画得出候鸟投奔季节
画不出云朵轻于羽翼

方位

鹊在枝头站得很高
我在它的眼里
会不会是它的食物
面对饥饿
有没有藏得住的果实

狮子
站在铁笼的宠物
印在神殿上盛怒
紫檀
制作惊堂的醒木
权贵弃世后归宿
曼陀罗
域外神秘的奇葩
中药麻醉的毒素

鸟在木化石上哭
翅膀交给了走兽
犹大攥紧了钱袋

获得了财务自由

果实等不了花期
锦鸡为高枝代言
乌鸦递解白鸽
狼向东郭逼问品质
声音在紧闭的唇外
诉说总是入不敷出

因抗拒而下坠
因压制而逆转
没有卑鄙不懂得高尚
蛰居的良心不肯安分

微弱的流星拖动夜空
灯盏抗拒黑暗的完整
人和人相互成为
喜悦和罪孽的种子
衬托的背景

无题

稻田的鱼游得正欢

蟋蟀对光亮敏感

琥珀把时间冻僵

种子和故土契合

风按住僧侣的行脚

天上侥幸的流云

地上今生的流水

蜻蜓一落一落数步

褪色和回忆中反复

真实过于自信

而被谎言替代

几枚钉子想入木三分

盖棺定论

虚设的年华

我不知道花径上开过的是谁
但我知道花结果后立刻衰老

我不知道出土陶罐装种子还是火镰
但我知道古人在陶罐上睁大的双眼

我不知道先看僧面还是先看佛面
但我知道信仰有背景强大的优点

我不知道羊羔太小回家认不认路
但我知道你会让它认扬起的皮鞭

我不知道童年的冰棍是否化在瓷碗
但我知道再没有石头剪刀布的手感

我不知道梦里有没有不知晓的世界
但我知道梦里梦外忙碌的都是自己

我不知道那舞剧终要定格什么造型
但我知道火药在最后一刻对准火星

我不知道最恶的事坏人还是蠢人做成
但我知道因果无处不在却非无所不能

我不知道写诗到底能不能解决糊口
但我知道必须借此打破忍耐的范畴

深藏不露

(一)

花

途经的目光

绿意的托举

了解风的过客

知遇凝露更短暂的一生

现在鸟鸣花落

亲疏随缘

转世之姿

自然而然

(二)

种子

埋得太深长不出来

埋得太浅长得不高

生来要选好位置

站好等级

才成为根部

（三）

蟋蟀

争勇斗狠

不再以和为贵

人们在玩儿中

释放压抑的天性

泄露对中庸的认知

（四）

枯荷入定秋水

秋水伊人难分

鱼一生一世在水中欢愉

在水中消失

（五）

天寒翅冷

虫声埋没深草

等待万物萧条

雨还原河水的乡音

梅给雪看花倒叙的容貌

在选错的季节奋力开放

联系

天给我们

遮盖的太阳

和扭曲的月亮

天一会儿下雨

一会儿下雪

一会儿下星星

这些从天而降的

一定和我们联通:

看那么多的树木

疏密相间的年轮

那么多的航班延误

那么多错过的人生

看我们的祷词

塞进那么多合理的内容

被要求吟诵

月色枝头

单一的夜晚

繁复的枝头

十万青山

随方就圆的月光

质地让虚拟具体

你沉浸于隐匿的变化

不知花纽落座或为果实传递张力

枝头

挫败,也会卷土重来

空寂,也在层叠

阐释,也是承受

捍卫无常,也捍卫恢复

苍耳

裤脚沾上的苍耳
我拿什么拯救你的
草木外扩之心

小小的出走
生命的投靠
来自田野,属性蒺藜
经风的剐蹭,钩住尖锐的旅程

进出跟随
我不是你的宿主
我们皆匆匆过客
攀附成同路伙伴

种子的苏醒驾驭远方
时间的去处都是他乡

苍耳嫩绿
没有一丝一毫锈迹
城市坚固广大,却安放不下它
不肯归去的意志和青壮的勇气
我芒刺在背

养殖场

鸭在水中
鸡刨草丛
它们在寻找食物
我们在培育食物
集结众生
准备用消灭它们的命养命

最狡猾的清道夫
侵占水塘，让鱼减产
退化也是一种主张
发育不全，浑身没肉
食之无味的进化策略
可惜再聪明
也被人类粉碎成家禽饲料

那些诗意

竹生凉意
雨滴庭前
树木势力参天

松筋石髓
雪中鸿爪
月过一汪寒潭

蟋蟀房上叫
阳光挤干云朵
心轻似鸿毛在飘

梦中梦，相外相
生动而虚幻
三界之门半掩

叼着扔弃的草棍
对鸟是筑家的材料
像顶着命运交叉的十字飞跑

放一只蝴蝶远走
还是留置花的内心
选择诗意标准的怜悯

飞行

大海还在奔赴
落日已经闭幕
金色的余晖被高高托起
然后摔得粉碎
急于爱过的总是易碎品

东西往返，尘埃浩瀚
浮云和流水共用游子
异乡和故乡共用天地

物去不留，也留不住
客而为家的怀念
企而望归的盘桓

时间在动态中空白，悲欣俱失
比孤单还简单，比孤独还失独

即将发生的

万里长空和万载长空的那轮明月

飞行的空中楼阁

可观人间烟火

旷野升起了广寒的旋涡

感受

狗得意于倚靠,受制于绳长
鸟知道,风和你摇晃树梢的不一样

夏日擅长阳光,阴暗擅长臆想
玫瑰与刀剑或摆放瓶,总有什么象征

鲸在海岸搁浅,玻璃怕缸鱼越界
活鱼在死鱼身边依旧游来游去地威风

无数的蝴蝶扇动两对翅膀
无数的风暴只经过一个大海

拱桥和水,月圆般地遇见
人世填不满的酒杯和倒不完的药罐

花接受赞美,也接受季节的短暂
牙都没了何来启齿之事,话说不出口还有什么言说
勘破虚无的程序,必须无限从容

春天的作物和森林的雏物,小心地择机而处
星星如同挂在空中的礼物,最后却是它把我们摘走

通话

妻子和女儿告诉我
正站在新加坡马六甲
这里窄处生宽的海峡
雾锁不住横跨大洋的飞鸟
成群结队的雨燕相互追赶

啊，南方在远方
到了南方
南方仍在远方
南方遥不可及

大海夸张水的联系
华人时时创造繁荣
那里狮头和鱼尾
粘连两栖的逻辑
曾经的下南洋
是绳子辫子和苦日子编织的影像

历史意念深远

这边一股冷空气南下

华北平原刮起了大风

百年的鱼子

千年的草籽

时间准备撒豆成兵

原来如此

雨下出雨林
风托起风筝
猫带翻的猫砂
胡子颤抖是嘴在动
谜底都在谜面上,其实就是这么简单

养花养土,养鱼养水
需要高脚杯,是需要酒助兴
久雨闻鸟鸣,情动于心头的是绿意葱茏

格式化的神,全部塑上金身
叠加的宝座,是采食的高度

盛产英雄,其实是盛产苦难
喜爱蝴蝶,其实是喜爱花丛的背景

懦弱的慈悲来自迟到的正义

善良是人格规范也是破防的弱点

你想平复的,恰恰引起你的动荡

流水是灌溉的形式,更是时间前仆后继的启示

游子仰望翅膀,思考飞行限度,知道鸟也有空中迷路的孤独

路遇死亡

广大而尽精微

未被修剪的春天景象似前

一草一木都各自为战

今天

一个农夫死了

像一枚清贫的野果剥离脱落

降临田野,走向粮食的来路

在一头牛卧身之地的距离

作为异乡的旅行者

伤感是习惯,确切的悲悯是本能

跨最远的天涯,最终要拖回泥巴

暮年的我,无言成为感言

三蹦子上扎罩全套的车马、保镖、别墅、家电

如厮送行的排场,所有经历的折返

都如同这纸糊的人间

农家后园

草虫趴在同色的草叶上寂然
似乎所有的事物在秋风中准备着落点
植物被暗中观察
特别那些上翘逆行的身影
葡萄藤贡献攀登
丝瓜保持悬挂
黄瓜顶出了刺和黄花
中秋的桂香悄悄笼罩树顶
举头是嫦娥飘飘直上的云霄
在昂扬浸出的秉性面前
思考挣脱无常人生的天花板

问你

你喜欢
白玉盘中的水仙
还是它寒泉立身

你喜欢
天空的虚无
还是大地的核心

你喜欢
云尘多雨,红尘多梦
还是净化意蕴,洞彻古今

你喜欢
高山仰止,站在云端
还是心中无我,与物同春

你喜欢

受恩深处，入乡随俗

还是故土难舍，落叶归根

天涯万象

过客登临

和时间争长短

快说说你的喜欢和不喜欢

窑变

看得出投料
看不出结局

异形般的存在
失态并没失败

反对格式化加持
赞成一种不确定

畸形审美是大一统
尖锐的火彩,和而不同

像变态的昆虫
物种丰富,各展生动

像干渴为饮,沉默为芽
那些焕然坚持的个性

真花和假花

风雪夹叙夹议
冰霜来与不来
梅花依旧要开

——一种急迫的花期
也有一种多情的能力叫枯萎

仿生者
瓦解的知觉
保鲜的浪漫主义

——一直迟钝的美丽
安抚青藤化灰,明亮转暗的季节

真花和假花
不能止休的涌流欢喜
根植的和植根的都在物我传播
平静地切割心愿逻辑和现场逻辑

像女儿
抚摸柔嫩的毛鸡
还是牵着小木鸭
嘎嘎地来回跑,同样带来童年的快乐

猛兽

神仙的坐骑

山海经中的怪物

都被赶进了公园

供我们参观

你不担心挨饿

只是在数量上孤单

来回逡巡

排泄显示地盘的范围

肉垫利爪落下试图小心翼翼

模仿野外肚皮贴地夸张伏击

穷凶极恶

笼子里还张牙舞爪

对铁栅栏外的冒犯止不住地咆哮

与桀骜不驯的灵魂休戚与共

用自己的内心拥兵自重

笼外猫鼠正游戏
胡须追胡须，巧奔妙逃
天敌在协同进化
智力和暴力的斗争，如影随形
悻悻然地罔顾，深陷于曾经的豹变

在盘山

天津的后花园
中上元古界的鱼龙化石
徜徉在山水之间

地上布满根和我们
就像天空有飞机就有鸟群
与自然相辅相成
配合日月起居

有香客就有寺庙
烟雾缭绕

有墨客就有名士的坟
感叹荒芜的人文

有过客就有移情岩石的树
清贫不胜寒的独处

有最高点就有挂月峰
上面还有佛塔和舍利
夜晚，千里明月是重点

月亮
像燕山人家的磨盘柿子
磨盘样的天空
黄澄澄地挑灯

小朝觐者

打量你的柔弱

惊讶于你的沉默

面朝菩萨,背对众生

保持专注,双手合十

你太幼小了

没有花开的领悟和花落的认知

不懂苦难如何对抗平庸的轮转

却具备个人的自在,归真的自然

凝神时刻,尘世的光亮一闪而过

有缘无分是一场走散

有识无智是一种我执

有人在案前感受神恩

有人在案前偷吃贡品

有人在妄图借花献佛

你虔诚的膝盖无欲无求

让千臂观音手足无措

桂林漓江

这里总是
新鲜的春天

青山和白云进入水色
鸟叫和花草气味混合

思绪野生野长
自然流露心事

往事蹉跎理想失语
现实如刺顶在喉间

污染和弃物如刺
抵在美丽的景观

江里的鱼鹰能捕
收获优秀的成果

那么长的深喉高昂
通不过人为系的梗

忍耐和约束的属性
动物外表植物内心
我们都想一吐为快
张着嘴卡住了声音
面对甲天下的山水

沧州铁狮子

一匹千年的神兽
疾步乍停
悠远的历史中没有走丢

华北四宝
独立平原
是宝就有神的特质
万斤负重咆哮张扬
全身乌黑的铁衣
就是纯粹的自己

最大的铸铁狮兽
沧海横流时的镇海吼
倦于站立也要架上高台
眺望生存全景人间功德

配合时间孤独
容忍季节的乖张

雨水和香烛摸索包围
阳光的栅栏里驯服的王

迈不出一步之遥
无路可逃
一席之地
高于院墙的威仪
独自的舞台独自念白

跋涉过太多的潮涌
兵荒马乱
和暗影中的危险
却不允许胜任死亡
分裂解体掀翻自己
耄耋岁月还挂着铁拐
延续朝不保夕的传奇

面貌松动依稀

不被超度的神兽

不知心想何处

就像陆游身老沧洲

元谋人陈列馆

(一)

时间在生与死中进化

对望元谋人的雕塑

历史教科书首页就是你

隔着透明的玻璃

我们的嘴脸像相互模拟

似曾相识,似是而非

有生死

就要了生死

树上掉下来

就要直立行走

耳鼻打洞

就要佩戴饰物

虚空中变出石头

石头成了工具

尝试过火的体温

人类的双足几次踏入过红尘

（二）

强光下

执拗的嘴角

鼓起的面颊

你一言未发，愁眉不展

死去活来的我们

现在地理分布广泛

孤独的进步，超群的光辉

驯服万物，反刍不安全的饲料

口粮里找种子

苦咸水找盐粒

改变气候打乱四季

无限温暖，无比冷酷

不由分说，不听解释

一手执牛耳，另一手就要提利刃

（三）

我们锦衣玉食

我们终日逐物

我们心猿意马

我们恐惧爱恨

我们怀疑祈祷

有最高的九重天

与最深的地狱相向

空无一人的陈列大厅

勾住了起源的记忆

强光下

我像个犯罪嫌疑人

又像个演员

草原遇雨

顺着缰绳
我举起了一匹马

顺着缰绳
攀缘的阳藤蔓与季节隔空连线

顺着缰绳
名利场般笼罩乌云的欲望

顺着缰绳
雷鸣和雨点出现在同一条闪电

顺着缰绳
老火车在泥泞中缓缓行走
像一个怀旧的童话,以"从前啊"开头

失而复得的润泽
天雨正宽,开阔着家园和牲畜围栏

闲言杂咏

（一）

天时千变

土生万物

出产那么多的中药

道出了大地的苦

（二）

不是关二爷不开眼

是睁眼就要杀人

不是铁树不开花

是开花又送走多少故人

（三）

穿羊皮袄的牧羊人

披着羊皮的狼

羊都要警惕

（四）

孩子的书橱上

有一只海螺

里面仿佛有水的流动

现在我耳朵不凑近它

也可以回响大海的轰鸣

大夫说这是老了幻听

（五）

参加完亲人的葬礼

鹦鹉逗口舌之快

"今天好"

真把自己当人类了

你可有我们的悲伤

（六）

那个脑子有毛病的人

好像有神与他同行私聊

当他专注时

神情离佛最近

（七）

没用的最值钱如古玩

没表情的最真实如面具

不存在的最动人如情感

找得到星空的位置

找不到生活的位置

双手合十不要许愿

（八）

飞得高

你是惊弓之鸟

游得疾

你是漏网之鱼

蜻蜓吃尾

像轮回的姿态

一个闭环的心意

（九）

四季一边清空

一边塞满

生活一边勒缰

一边加鞭

正义洞悉本源

一边行动寂静

一边消耗思想

（十）

拿出你背后

藏着的那只手

这不是玩剪刀石头布

哪怕空空如也

哪怕是奖励或凶器

让我看一看生存的秘密

随见录

(一) 柿子

鸟的爪子，伸向枯枝

枯枝的爪子，伸出突兀的颜色

四季装置的重复论

秋冬交界的燕山

不烂熟于枝头，也烂熟于心头

(二) 蝴蝶

大老远跑来

在褪去花的绿草地

委婉简约的独立

翅翼关闭

像侧切花朵

像夏天画布的一片新鲜水果

（三）武夷山小鸟

从一个枝头到另一个枝头

它一定知道什么

从一座山到另一座山

它一定在寻找什么

从一个云端到另一个云端

它一定抵达了什么

它在天空之城鸟瞰，绿色汪洋的茶园

看时间的热茶浓酽，激活

那些思念和人世悲欢

那些风曲意冷暖，物我相连

(四)清淤

雁落不再归湖

那碗湖水已经倾覆

底朝天的清淤泥路

拔干黏液的水族

小孩子打过水漂的石子

暴晒情侣丢弃过的信物

曾经闪亮的瞳仁

浸出星系和月光的流动

是个不为人知的心事的大坑

（五）老宅

办过红白事的流水席

现在老宅待拆，小院

已经不再热闹拥挤

听不见清脆的单车铃响

野猫在平房翻窗

门牌和木架正朽掉自己

老家具已经变卖

空白处踩着几个足迹

夜宿苗寨

村子在
层叠的梯田上
我住在
层叠的吊脚楼上
星星挤眼
在蜡染样深邃的天上

笼中的鸟鸣
是野外的鸟走失的部分
赶路的火把
是围坐的篝火走失的部分

墙上姑娘银亮的裙钗
是沸腾歌舞静止的记忆
灯光依稀的鼓楼和花桥
是岁月家园残留的记忆

古寨仰望
那没有分野的星空
像没有渡口的河流
淌过几千年的挤压

这秘密迁徙的民族
像纳在衣里的彩绣
生存恶劣，精神顽强
像芦笙响，五谷在长
像好花开在崖壁上

我在听

飞鸟传神
山谷概括流水
蛮荒的地理
布谷的催促略显多余

鸡冠花上晃动着鸡冠
吊脚竹楼下争啼紫嫣
蒙在鼓里的灵魂
伺机怒吼
突出的虫鸣
石头里面见缝插针

回头的阿妹
应声的阿哥
色与色之间的空
声与声之间的静
大山时断时续地转述爱情

药引

用药如用兵

需君臣佐使

调药性,强药效

哲学意义的辨证施治

文武火煮饭也煮药

千年的植物

亲人的眼泪

革命者的血馒头配伍

鲁迅说原配的一对蟋蟀做了药引

寒冷是候鸟的药引

饥饿是革命的药引

适应是进化的药引

独立是学习的药引

天地各行其道
万物各司其职
蓄势待发的药引

雨生百谷
今日谷雨
陈年的雨水也做了药引

有了

有了旅行

才走进地平线的光环

有了天涯

才知道沦陷的故园

有了积雪

才看清鸟在树上的脚印

有了慈悲

才听懂普度的梵音

有了饥饿

才有狮子的怒吼

有了怀疑

才有天才的批判

有了信仰

才有新开张的庙宇

有了飞翔

才称出翅膀的分量

有田地有谷场

有已知有先知

有了风生水起

才有闪亮登场

有了不约而同

才有不期而遇

有了黑明目张胆

才有月急于表白

有了星星天空成像

才有河流大地成形

新年的话

光阴的大碗扣住人寰
群雁像天空的表针
一会儿指北
一会儿指南

为什么不喜欢
一块生锈的铁
铁也想穿过人间留念

为什么不喜欢
一块开裂的玻璃
破碎的希望替换
希望的破碎

荒芜处或许
是更荒芜的青草
命里的生长和依靠
在砖缝中拔高
一块顽石

也幻想花纹的奇妙

菩萨的法眼
一只注视站立的我
一只看她抱着孩子
席地而坐
仿佛未来赋予力量
年年走进从没到过
而似曾相识的场合

山行有路，水深有渡
众生怀彼岸之心
低头忏悔的坚持沉默
总要躲避的最终接受

红红点点
锦鲤浮头
叭叭的小嘴
吸吮从天而降的光芒和营养

蜻蜓落在转经筒上
仿佛心仪暗语
不知是推不动
还是短暂驻足
复眼盯住重叠的孤独

对脸的门神
时间无缝衔接
没有破绽,没有终点
季节死而复生
烟花的心跳此起彼伏

好吧
快让上帝按按指纹
看看这些年
他所经历的伤痕

诚挚感谢北方文艺出版社、明翊书业为本书出版付出的辛勤努力,并以此书深切怀念张仲先生。